源氏物語

恋するもののあはれ

制作｜大津市大河ドラマ「光る君へ」活用推進協議会
イラスト｜日菜乃・mame

KADOKAWA

源氏物語
恋する
今宵は十五夜なりけり

夜は、好きがこぼれてくる。
もののあはれ展

恋する
源氏物語
今宵は十五夜なりけり

夜は、好きがこぼれてくる。
もののあはれ
展

目次

其の三

千年の時を超える恋の歌 64

プロローグ

平安時代とつながる、ものあはれな恋

「源氏物語 恋するもののあはれ展」は、
紫式部が物語の執筆を始めたとされる石山寺で開催された
平安時代の恋の文化を体感できる企画展。
展示終了後も楽しんでいただけるよう、
展示内容を一冊の本にまとめました。

「もののあはれ」は一言では表現できない、
しみじみとした趣深い感情を表す言葉です。
世界最古の恋愛物語とされる『源氏物語』は
「もののあはれ」を表現した文学ともいわれています。
『源氏物語』の和歌や平安時代の恋を
彩った文化に触れ、私たちが生きる今と
平安時代がつながる素敵な体験をお楽しみください。

其の一

紫式部と『源氏物語』

石山寺は、古来より、多くの信仰を集め、
平安時代には身分が高い人々も
多く参詣されました。
紫式部ゆかりの寺としても知られており、
紫式部が石山寺を参籠《さんろう》中に
『源氏物語』を書き始めたと伝えられています。
はじめに、紫式部が生み出した
『源氏物語』とは
どのような物語なのかご紹介します。

Lady Murasaki and
"The Tale of Genji"

紫式部は仕えていた主人（藤原道長の娘・彰子）から
物語の執筆を頼まれ、石山寺に参籠しました。

参籠して七日めに琵琶湖に映ったのは、
中秋の名月。
紫式部はこの月を見て、
何を考えたのでしょうか。

今宵は十五夜なりけりと思し出でて殿上の御遊び恋しく

現代語訳

今夜は十五夜であったなあとお思い出しになり、宮中の管絃の遊びを恋しく思い

『源氏物語』第十二帖須磨より

この一節は、光源氏が都での日々を回想する場面で登場します。光源氏は自分を守ってくれた父親（桐壺の帝）に先立たれて以来、政敵からにらまれるようになり、身の危険を感じて須磨に退去しました。都に残した女君たちと文通をするなど、わびしく暮らす様子が描かれるのが『源氏物語』第十二帖須磨です。『源氏物語』はこの一節から書き始められたと伝えられています。

『源氏物語』はこの石山寺からはじまった！

紫式部は、平安時代中期に宮廷で活躍した貴族の女性です。一条天皇の正妻である中宮彰子から新しい物語の制作を望まれた紫式部は、石山寺に参籠《さんろう》しました。そして、びわ湖の湖面に映る十五夜の月を眺めているうちに『源氏物語』の着想を得たと伝えられています。

平安時代貴族女性の楽しみだった石山詣

平安時代、石山寺を参詣する石山詣《いしやまもうで》が流行し、貴族の女性たちに人気がありました。都にほど近く、びわ湖をはじめとした風景を堪能しながら石山寺に参詣することは、貴族の女性たちの楽しみであったと考えられます。また、石山寺の風光明媚な立地は、数多くの参拝者に文学的なインスピレーションを与えてきました。

平安時代、石山寺に参籠した貴族女性には、紫式部のほか、『蜻蛉《かげろう》日記』の作者である藤原道綱母《ふじわらのみちつなのはは》、『更級《さらしな》日記』の作者である菅原孝標女《すがわらのたかすえのむすめ》などがいます。

『源氏物語』誕生秘話は紫式部の悲しき人生にあり？

紫式部は下級貴族の出身でしたが、小さいときから学問を好み、和歌・音楽・仏典などの教養を身につけました。弟よりも賢かったので、紫式部が男ならば出世できて家が栄えたのに、と父親が嘆いたほどでした。二十代後半に藤原宣孝《のぶたか》と結婚して一女をもうけましたが、まもなく夫と死別しました。紫式部は、夫を失った現実を忘れるため、『源氏物語』を書き始めたともいわれています。『源氏物語』は宮中で評判になり、やがて藤原道長が娘・彰子の家庭教師として紫式部を採用しました。彰子の夫である一条天皇も『源氏物語』を気に入り、史実を踏まえて書かれていることから紫式部を日本史に通じた人だと絶賛しました。しかし、このことから紫式部は同僚に妬まれました。

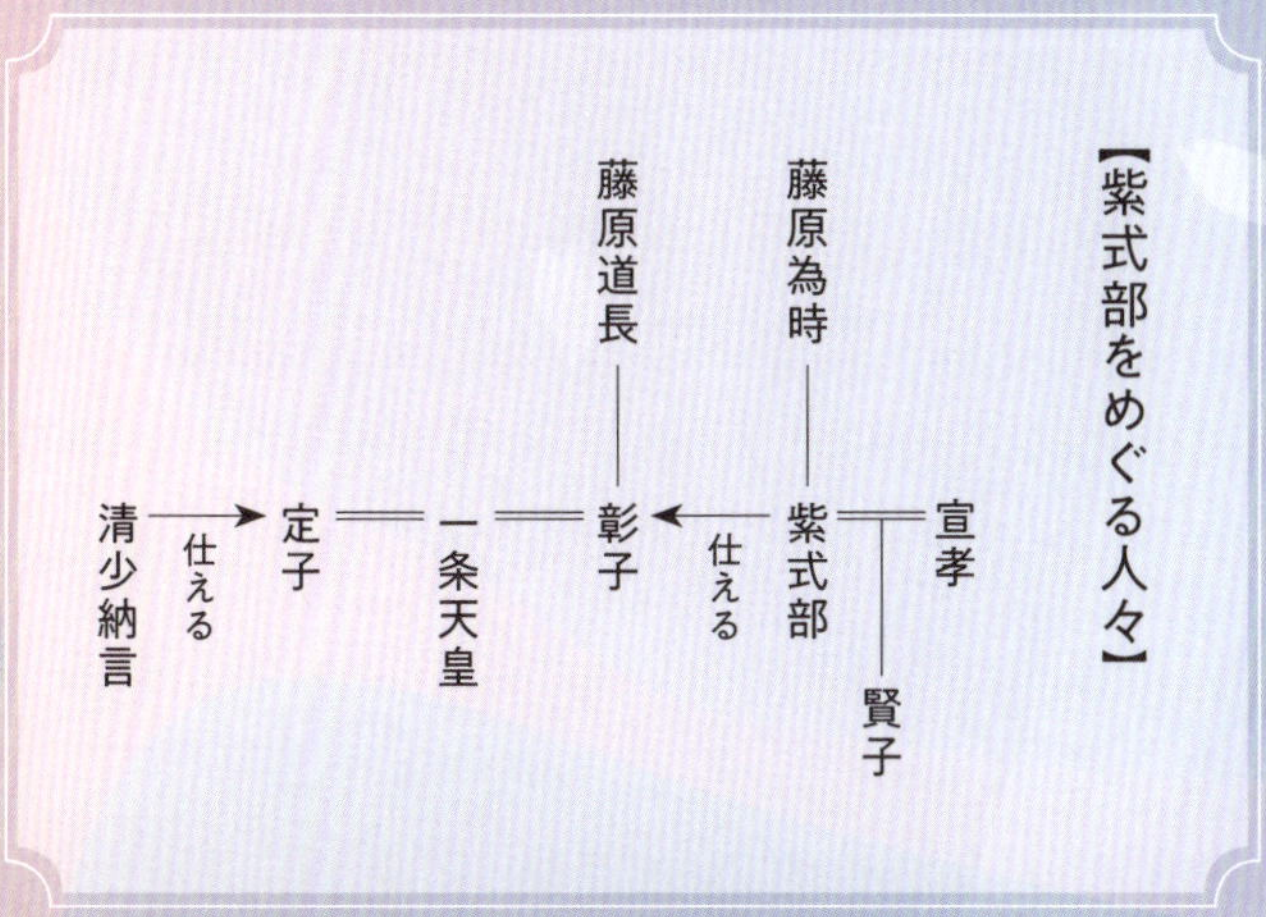

『源氏物語』は恋愛指南書⁉

『源氏物語』は、今から約千年前に紫式部によって書かれた長編小説で、主人公・光源氏の人生を、誕生から出家まで描いています。母親の身分が低いため、皇子でありながら源という姓を与えられ、皇族から離れることになります。しかし、明石の君との間に産まれた姫君が国母になったこともあり、最後には太政天皇に准じる身分にまで上りつめます。

私生活では亡き母の面影を追い求めて、瓜二つの義母（藤壺）、その姪にあたる紫の上などとの女性遍歴が語られます。光源氏亡きあとも光源氏の子や孫たちの物語が続きます。

『源氏物語』全五十四帖は、三部から構成されています。

第一部：光源氏が誕生し、栄華を極める前半生
第二部：光源氏が苦悩のうちに出家を志す後半生
第三部：光源氏の子や孫たちの物語

『源氏物語』以前の物語は、ハッピーエンドが定番でした。『源氏物語』も第一部は光源氏が太政天皇に准じる身分になり、息子の夕霧は幼馴染の姫君と結婚します。ところが第二部では光源氏が内親王と結婚したため、紫の上は絶望して光源氏から離れていきます。第三部では光源氏の子（薫の君）と孫（匂宮）に愛され、板挟みになった浮舟の君は入水を覚悟するなど、以前の物語には見られない心の闇が語られます。

『源氏物語』では、多くの女君が光源氏への思いを語っており、光源氏もまた、それぞれの女君への思いを語っています。世界最古の長編恋愛小説ともいわれる『源氏物語』には、現代における恋愛のヒントがあるかもしれません。

紫式部が描く光源氏と女性たち

『源氏物語』の主な登場人物

MAIN CHARACTERS IN "THE TALE OF GENJI"

光源氏《ひかるげんじ》

天皇（桐壺帝）の息子だが臣下に下る※。美貌と才能に恵まれ、正妻・葵の上のほかに、多くの女性（下の相関図で文字色が赤色の女性たち）と恋愛をする。

※次の天皇にはならない身分となること

【『源氏物語』登場人物の相関図】

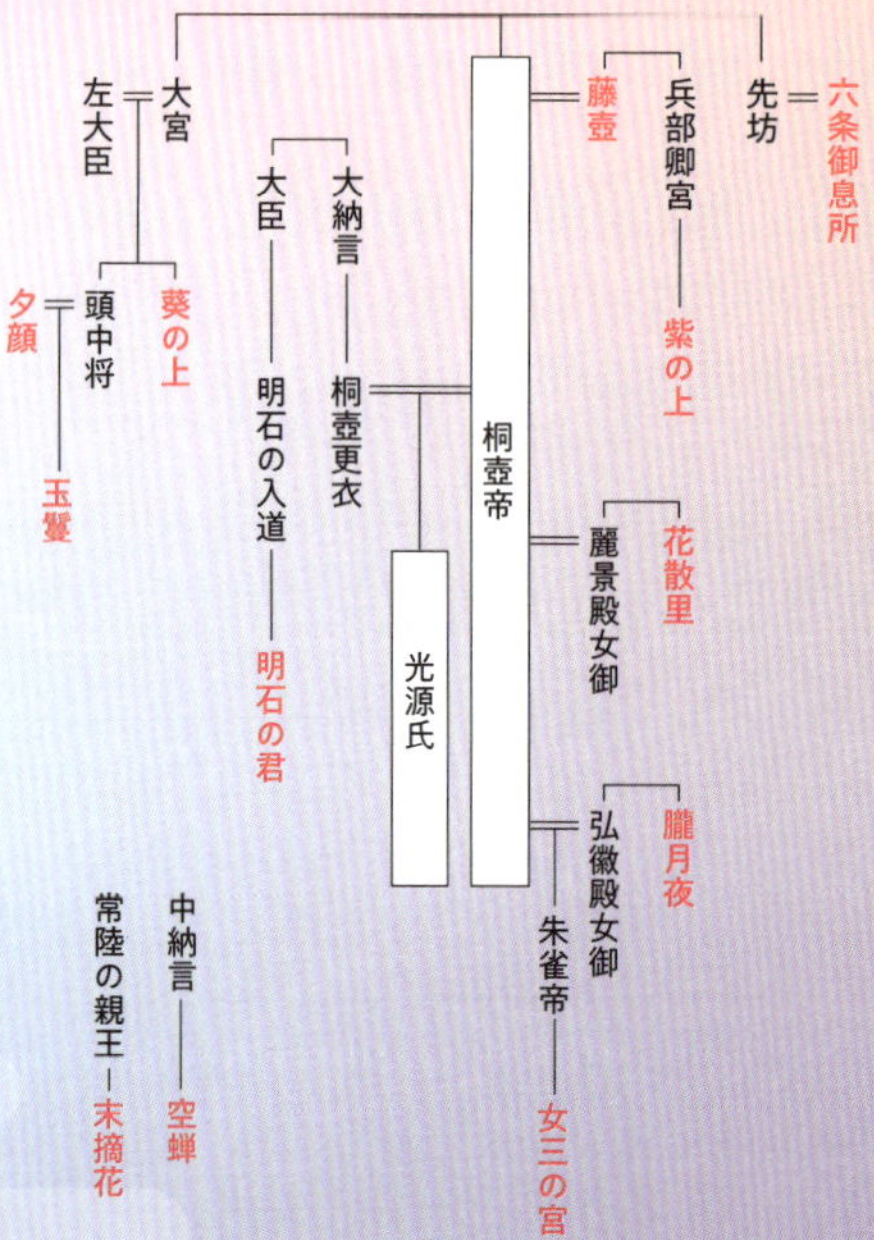

紫の上
むらさきのうえ

**藤壺の姪で、
藤壺に似て才色兼備**

光源氏が幼少期に見初めて育て、終生をともにした最愛の女性。可愛らしくしっかり者。唯一の欠点は嫉妬だ、と光源氏に言われた。

藤壺
ふじつぼ

**「光る君」と並び、
「輝く日の宮」と絶賛された**

光源氏の義理の母。光源氏が母の面影を求めたあこがれの女性。光源氏を拒絶し続けて、隣の部屋に逃げこむも一夜を明かしてしまい、不義の子は帝になる。

明石の君
あかしのきみ

**低い身分をわきまえ、
謙虚で遠慮がち**

身分の差を乗り越え、光源氏との間に娘をもうける。高い教養で光源氏を魅了する女性。六条院で女楽が催されたとき、女房が付ける裳を着用して自分を卑下した。

葵の上
あおいのうえ

**お行儀が良すぎて、自分の思いを
素直に光源氏に言えない**

光源氏最初の妻。六条御息所の生霊に取り憑かれる。高貴な美人だが、プライドが高い。絵に描いた物語のお姫様のようだ、と光源氏に思われている。

夕顔

ゆうがお

可憐に見せるしたたかさ

光源氏と一夜を過ごすものの生霊に取り憑かれ急死。内気で素性さえ明かさなかった、儚き女性。光源氏から出自を聞かれても、和歌の一節「海女《あま》の子だから」とかわした。

女三の宮

おんなさんのみや

周りの人が全部してくれるので、
自分一人では何もできない

光源氏と結婚した皇女。柏木（光源氏の息子・夕霧の友人）との不義の子を出産。可愛らしいが幼さが残る女性。

朧月夜

おぼろづきよ

光源氏をこばめない

光源氏のライバル右大臣家の娘。常識の枠にはまらず、積極的に行動し、自由な生き方を愛する情熱的な女性。自邸に光源氏を招き、密会現場を父親に見られてしまう。

六条御息所

ろくじょうのみやすどころ

光源氏が窮屈に思うほど
気位が高い

教養が深く気品あふれる光源氏の年上の恋人。生霊となってまで光源氏を愛す、嫉妬深い女性。生前も死後も物の怪になり、光源氏を苦しめた。

末摘花
すえつむはな

古風なしきたりをかたくなに守る

没落した宮家の娘。世間知らずで光源氏を落胆させ続けるが、一途さは誰にも負けない女性。光源氏に送る和歌には、いつも「からころも」という言葉を詠みこむ。和歌に「からころも」を用いるのは、当時古くさいと感じられていた。

花散里
はなちるさと

母性愛があふれる

光源氏の通いは稀《まれ》ながら、話し相手としての立場で光源氏の信頼を得る。心優しい癒やし系。光源氏が泊まりに来ても寝床を譲り、几帳を隔てて寝た。

玉鬘
たまかずら

快活で明朗。
深紅色と山吹の花が似合う

亡き夕顔の娘。光源氏は養女として引き取る。物事に上手に対応できる容姿端麗な女性。信心深さを示してご利益を得るため、京都から奈良の長谷寺まで歩いた。

空蝉
うつせみ

頭の回転が速く、決断力がある

光源氏と一夜の過ちを犯した人妻。恋心とモラルに揺れながらも、光源氏を拒み続けた芯の強い女性。光源氏が寝室に忍んで来たときも、衣擦れの音と薫物の香りで察知して、すばやく逃げた。

其の二

恋の決め手は、美のセンス

平安時代、貴族の女性は
顔を見せることができませんでした。
そのため和歌をしたためた手紙に始まり、
紙の色や紙に焚きしめた香、
手紙に添える花などに見られる教養や
センスが恋の行方を左右しました。
平安時代の恋愛に欠かせなかった
美の世界に触れ、平安時代の文化の豊かさを
感じてみてください。

The key to love is
a sense of beauty

色の世界

THE WORLD OF

Colors

四季折々に美しい花が咲き、季節ごとにさまざまな表情を見せる日本の豊かな自然。平安時代、貴族たちは自然の彩りと移ろいを愛し、その風情を日常に取り入れました。その時々の自然の色彩を衣装などに写し取り、季節感を表現することが教養となったのです。

色への美意識は、貴族たちの恋の始まりや恋のゆくえに大きく影響しました。

平安の色

COLORS OF HEIAN

春は梅に始まり、桜、柳、夏になると菖蒲や撫子、秋は菊や紅葉、冬には氷や雪。こうした季節の自然の彩りを色の重なりによって表現しました。これを「かさねの色目」といい、衣装や手紙の和紙の彩りにも用いて楽しみました。

また、平安時代の文学や歌には、人物の性格や容姿、感情を表す表現として、色の記述が多く登場します。恋愛において、直接顔を合わせることが簡単ではなかったこの時代、色は相手に自分の思いや感性を伝える手段だったのです。ここでは、平安の色の一例をご紹介します。

いろえらび

IRO-ERABI

平安時代、相手に自分の想いや感性を伝える
手段だった色。
『源氏物語』の登場人物にゆかりのある7つの
色があります。
あなたが好きな色を選んでください。

P29 へ

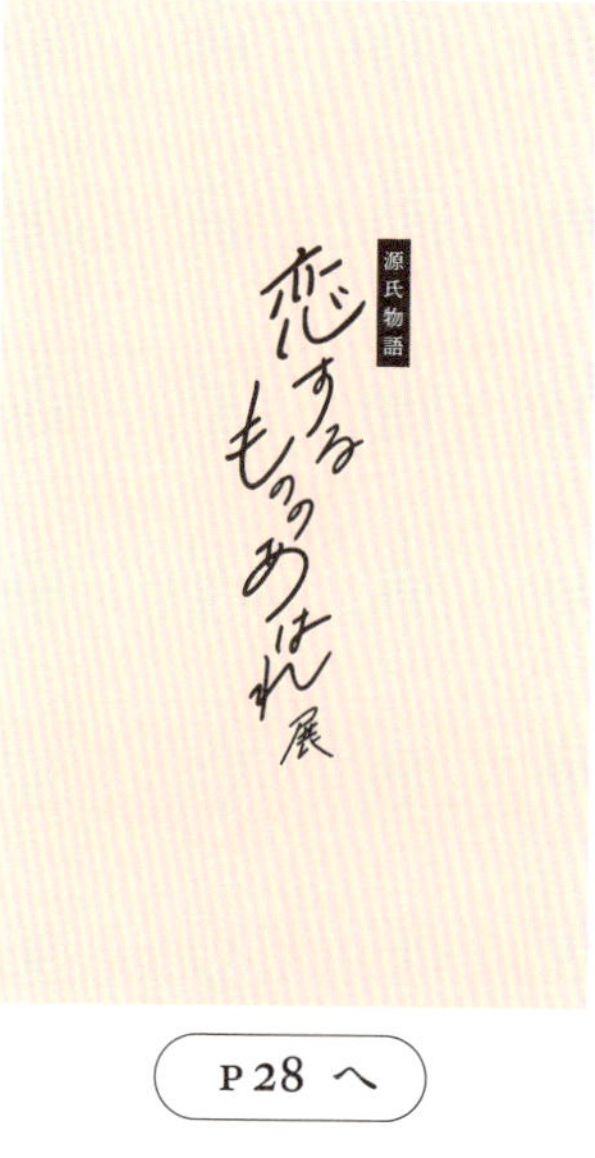

P28 へ

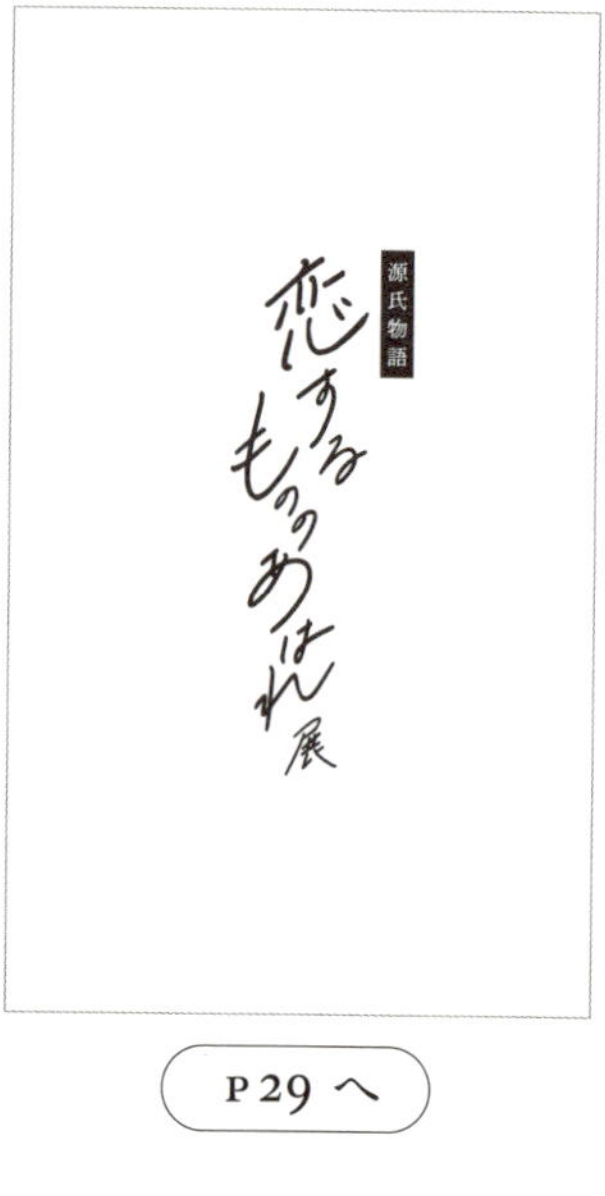

P29 へ

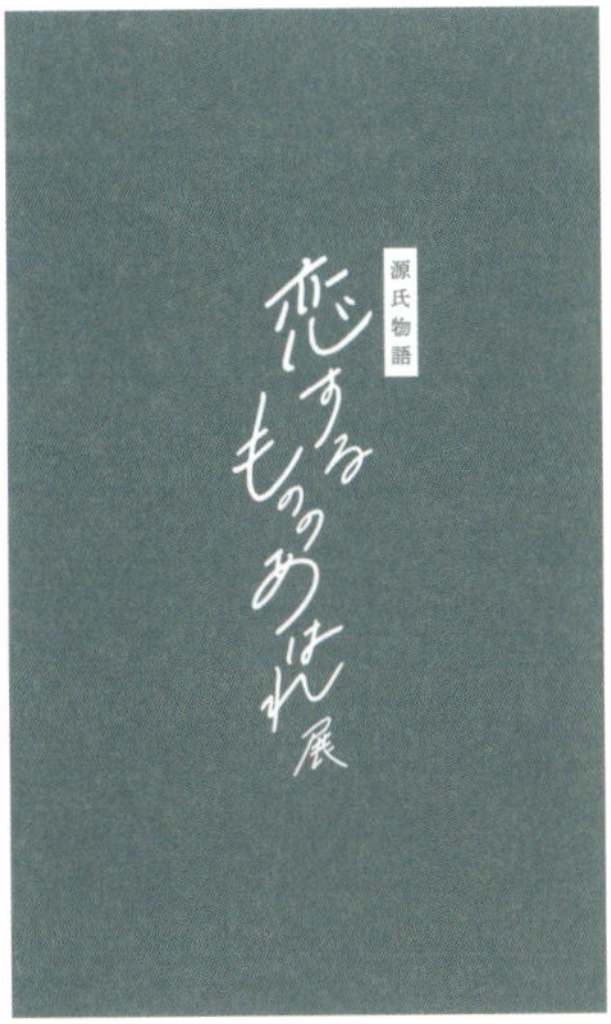

P31 へ

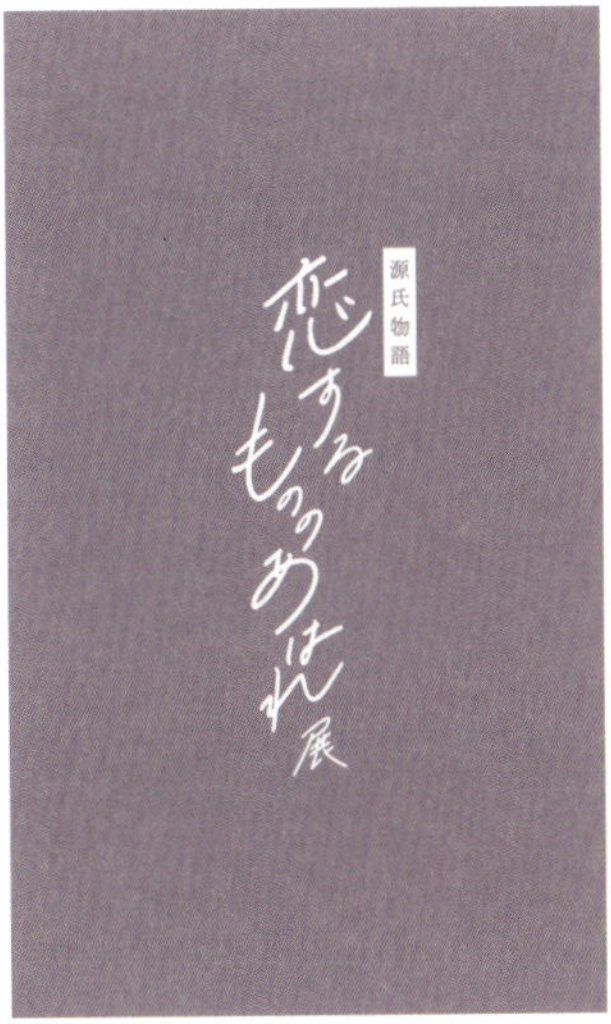

P30 へ

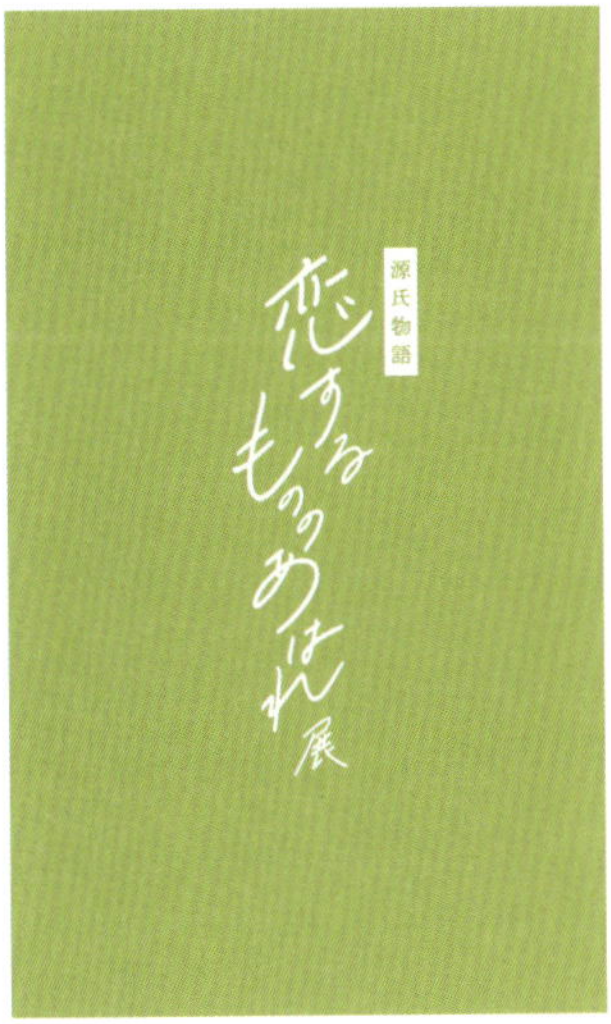

P31 へ

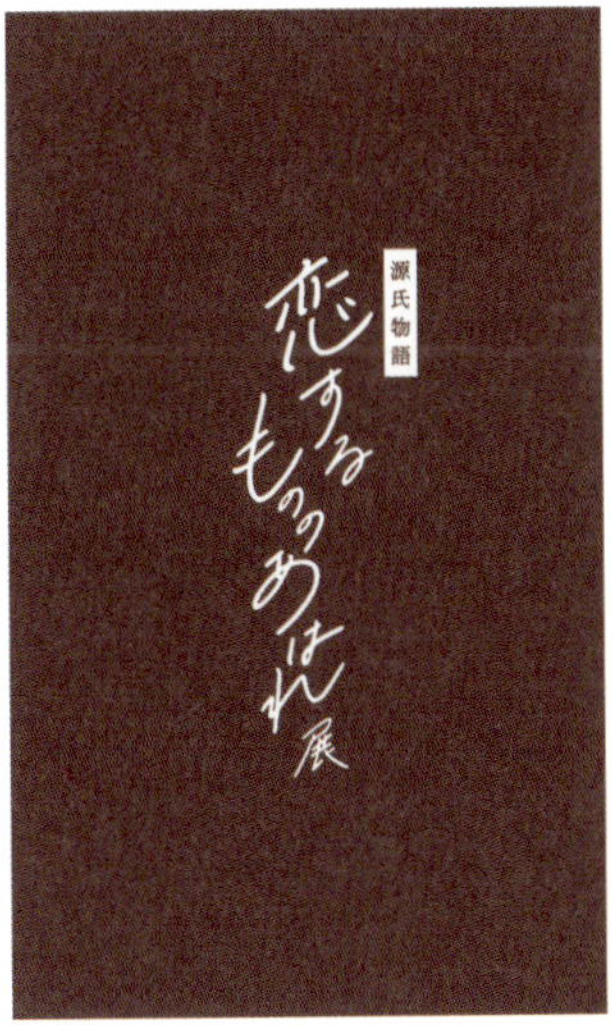

P30 へ

それぞれの色にまつわる
『源氏物語』のエピソードも紹介します。
物語のなかで、色は印象的に描かれています。

桜色《さくらいろ》

ヤマザクラの花びらのような淡紅色。
紅染めの中でも最も淡い色。

IRO ERABI
sakurairo

［桜色《さくらいろ》］

ゆかりの登場人物
朧月夜《おぼろづきよ》

契りを結んだ光源氏と朧月夜。朧月夜は名を明かさず、しるしとして扇を交換しました。光源氏が受け取ったのは桜色の扇でした。

濃色《こきいろ》

平安時代以降、「色」といえば紫のことであり、濃色とは濃紫のこと。

IRO ERABI

kokiiro

［濃色《こきいろ》］

ゆかりの登場人物

明石の君《あかしのきみ》

新年に配る晴れ着として、光源氏が明石の君に用意したのが白い小袿と、そこに重ねる濃い紫色の艶やかな織物でした。

白《しろ》

日本の色名の中でも最古のものの一つ。

IRO ERABI

shiro

［白《しろ》］

ゆかりの登場人物

夕顔《ゆうがお》

夕顔は儚げなユウガオにたとえられます。光源氏との出会いの場面で、夕顔は白い扇に載せた白いユウガオの花を献上しました。

葡萄《えび》

ヤマブドウの熟した実のような暗い赤紫色のこと。

IRO ERABI

ebi

［葡萄］
えび

ゆかりの登場人物

紫の上
むらさきのうえ

新年に配る晴れ着として、光源氏が紫の上に用意したのが葡萄色の織物でした。当時、葡萄色は高貴で高位な色でした。

赤色《あかいろ》

「臙脂《えんじ》」のようなやや黒みがかった赤。

IRO ERABI

akairo

［赤色］
あかいろ

ゆかりの登場人物

六条御息所
ろくじょうのみやすどころ

物《もの》の怪《け》になった六条御息所は死後も往生できず、地獄の業火の中をさまよっていました。炎の中でも消えない彼女の情念は、赤色を連想させます。

青鈍《あおにび》

藍色を強くした、くすんだブルーグレー。

IRO ERABI

aonibi

［青鈍《あおにび》］

ゆかりの登場人物

空蝉《うつせみ》

新年に配る晴れ着として、光源氏が出家していた空蝉に用意したのが青鈍の織物でした。青鈍は僧尼が着用する色でもありました。

柳色《やなぎいろ》

初夏のヤナギの葉色を思わせる明るい黄緑色のこと。

IRO ERABI

yanagiiro

［柳色《やなぎいろ》］

ゆかりの登場人物

末摘花《すえつむはな》

新年に配る晴れ着として、光源氏が末摘花に用意したのがヤナギの葉色のような織物でした。

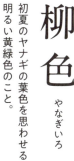

平安の色

COLORS OF HEIAN

平安時代は、現代よりも色彩が豊かで
多彩な表現がありました。

［赤色］

あかいろ

「青色」と対をなす色彩。「臙脂《えんじ》」のようなやや黒みがかった赤。

［深紅］

こきくれない

ベニバナを用いて染めた色。

［火色］

ひいろ

赤の表現の一種で、艶のある赤。

［今様色］

いまよういろ

ベニバナで染めたかなり濃い赤。「今流行り」の意味をもち、当時流行った色。

［紅梅］

こうばい

早春の梅の花色。紅にやや紫が入った華やかなワインレッドのような色彩。

[薄色]

うすいろ

平安時代以降、「色」といえば紫のことであり、薄色とは薄紫のこと。

[深緋]

こきあけ

アカネで繰り返し染めた色。「緋」は公的な色彩という位置づけだった。

[葡萄]

えび

ヤマブドウの熟した実のような暗い赤紫色のこと。

[深蘇芳]

こきすおう

スオウの芯材を染料とし、臙脂《えんじ》色のような渋みのある濃い赤紫色。

[濃色]

こきいろ

平安時代以降、「色」といえば紫のことであり、濃色とは濃紫のこと。

［紺］

こん

藍を非常に濃く染め、やや紫がかった色とされる。

［青色］

あおいろ

「赤色」と対をなす色彩。青系全般でなく、落ち着いた青緑の色を指す。

［萌黄］

もえぎ

春先に萌え出る若葉のような冴えた黄緑色のこと。

［深縹］

こきはなだ

タデアイによる染色で、いわゆる藍染めの中で最も濃く深い色。

［中縹］

なかはなだ

「縹」はツユクサの花の色を指したものといわれる。深縹より明るい色。

[萱草色]

かんぞういろ

カンゾウの花の淡いオレンジ色。女性が服喪期間に着用した袴の色。

[浅葱]

あさぎ

ネギの白い部分と青い部分の中間の色、淡い黄緑色のこと。

[鈍色]

にびいろ

喪に服すときの衣装の色。青みの入ったくすんだブルーグレー。

[瑠璃色]

るりいろ

平安時代、瑠璃とは青く輝くガラスのことで、深い青系の色。

[朽葉]

くちば

朽ちた落ち葉の色。当時は華やかなオレンジ系の色だった。

かさねの色目

季節にあわせ、衣装や和歌をしたためた手紙などに用いて楽しむ「かさねの色目」。

当時は、四季に合わせて色を選ぶことも、センスにつながりました。紅梅襲（表は紅、裏は紫）は、清少納言が仕えた中宮定子のお気に入りでした。ただし『枕草子』では三、四月に着る紅梅襲を、「すさまじきもの」（興ざめなもの）としています。それは十一月から翌年の二月までに着るものだからです。

春の色目 — COLORS OF SPRING

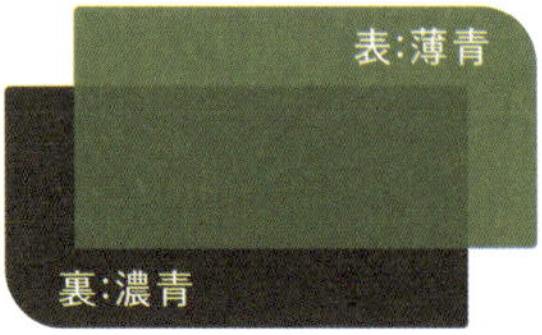

［若草］
わかくさ

旧暦の1、2月に新緑を見せる若草を表現した重ね。

［花山吹］
はなやまぶき

八重咲きのヤマブキの豪華絢爛な色彩を表現した重ね。

［柳］
やなぎ

春のヤナギの風情を表現した重ね。

［牡丹］
ぼたん

ボタンの花の美しさを表現した重ね。品種が多く、重ねも数種類ある。

［藤］
ふじ

晩春にふさわしいフジの花と葉を表現した重ね。

夏の色目

COLORS OF SUMMER

［苗色《なえいろ》］

まだ芝生のように柔らかい、早苗の若葉の色を表現した重ね。

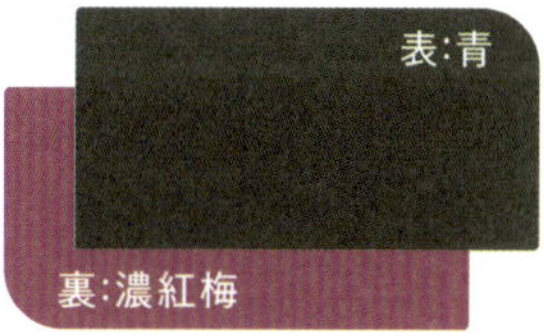

［菖蒲《しょうぶ》］

ショウブの根と葉を表現した重ね。

［百合《ゆり》］

ヒメユリやオニユリの花の色を表現した重ね。

［蝉の羽《せみのは》］

セミが脱皮した直後の淡い緑色と、数時間経って焦げ茶色になる変化を表現した重ね。

［撫子《なでしこ》］

ナデシコのピンクの花びらと葉を表現した重ね。

秋の色目

COLORS OF AUTUMN

[花薄]

はなすすき

風になびくススキの穂が青空に映えた風情を表現した重ね。

[紫苑]

しおん

濃い緑の葉が繁茂し、たくさんの薄紫の花が咲くシオンの花と葉の色を表現した重ね。

[紅葉]

もみじ

真っ赤に色づいたカエデの葉そのものの色彩を表現した重ね。

[落栗色]

おちぐりいろ

熟してイガが割れ、地面に落ちたクリの実の色を表現した重ね。

[黄菊]

きぎく

黄色いキクの花と葉の色をそのままに表現した重ね。

冬の色目

COLORS OF WINTER

［氷《こおり》］

輝く生地の光沢で氷の冷たさを表現した重ね。

［枯色《かれいろ》］

冬枯れの色を表現した重ね。

［松の雪《まつのゆき》］

マツに雪が残っている光景を表現した重ね。

［雪の下《ゆきのした》］

コウバイに雪が降り積もった風情を表現した重ね。

［椿《つばき》］

ツバキの花の濃い赤を表現した重ね。

出典:『有職の色彩図鑑』八條忠基

香りの世界

THE WORLD OF

Incense

平安時代、貴族にとって自分が身につける香りというのはとても大切でした。自ら調香し、衣装や髪に香を焚きしめることで自分の香りを保つとともに、当時、邪気を払う力があると考えられていた香はお守りのような役割もありました。

また、自らつくった香りの優劣を競う「薫物合《たきものあわせ》」と呼ばれる遊びも流行しました。

平安の香

INCENSE OF HEIAN

当時の貴族は、ひとりひとりが自分の香りをもっていました。香りが美の基準のひとつでもあり、香りの良い人はすばらしい人だとされました。また、恋の相手に香を焚きしめた手紙を送り、自分の思いを表現しました。

平安時代の代表的な香りを「六種《むくさ》の薫《たき》物《もの》」といいます。

六《む》種《くさ》の薫《たき》物《もの》 — THE SIX INCENSES

平安時代、貴族たちによって、オリジナルの香りが調香されましたが、優れたものが後世に引き継がれ、香りが洗練されていきました。その代表がこの6つの香りです。『源氏物語』では、このうちの4つ（梅花・荷葉・黒方・侍従）が登場します。

光源氏は娘（明石の姫君）が東宮と結婚するにあたり、豪華な婚礼調度を準備するため、女君たちに香木を渡して薫物の作成を依頼しました。

六条院の春の御殿に住む紫の上は梅花、夏の御殿に住む花散里は荷葉、朝顔の姫君は黒方、そして光源氏自身は侍従を用意しました。

練《ねり》香《こう》 平安時代のお香の主流は練香でした。このようなお香のことを「薫物」といいます。

［梅花《ばいか》］

梅の花のような香り

春

［荷葉《かよう》］

蓮の花を思わせる香り

夏

［落葉《らくよう》］

葉の散るあわれさを
思わせる香り

秋

［菊花《きっか》］

菊の花のような香り

冬

［黒方《くろぼう》］

深く懐かしい、
落ち着いた香り

夏〜秋
香の伝書により異なる

［侍従《じじゅう》］

もののあわれさを
思わせる香り

秋〜冬
香の伝書により異なる

花の世界

THE WORLD OF
Flowers

春夏秋冬、それぞれの自然を楽しむことができる日本。なかでも花の移ろいは、平安貴族の心を豊かに彩ってきました。『源氏物語』においても、自然の描写に登場人物の心情や人柄を重ね、印象的に描いている場面が多くあります。

平安時代、花は自分の心を映すもの、人の心に働きかけるものと考えられており、恋愛に欠かすことができないものでした。

平安の花

FLOWERS OF HEIAN

平安時代、貴族たちは季節を彩る花や木の枝を手折り、手紙に添えて贈りました。手紙に添えられたこの折り枝は、和歌に彩りをもたらすだけでなく、思いを印象的に伝えたり、言葉では言い表せない何かを匂わせる役割を果たしていました。季節の花々は、恋の駆け引きにおいて大切なアイテムだったのです。

［大山桜《おおやまざくら》］

光源氏が最も愛した女性である紫の上は、万人が愛する桜に例えられました。

※紫の上が例えられた樺桜が、現在のどの桜の品種にあたるかは諸説あります。

［山桜《やまざくら》］

平安時代、桜といえばヤマザクラでした。光源氏が朧月夜と初めて出会ったのが、桜の盛りである花の宴でした。

［藤《ふじ》］

高貴な女性を象徴するフジの花。高貴で美しい藤壺は、優美な紫のフジの花に重ね合わされています。

［撫子］《なでしこ》

「撫で慈しむ」から付けられた名前です。光源氏は玉鬘がナデシコのように可愛くてなりませんでした。

［山吹］《やまぶき》

明るく華やかな花であるヤマブキ。輝くように美しい玉鬘は、ヤマブキの花に例えられています。

［双葉葵《ふたばあおい》］

フタバアオイは、現在でも賀茂神社の葵祭のときに牛車や冠の飾りに用いられます。

［菖蒲《しょうぶ》］

美しい花は咲きませんが、葉に香りがあります。その香りによって災難よけとして使われてきました。

［橘《たちばな》］

風に乗って漂うタチバナの香り。タチバナは昔の恋を思い起こさせる花とされていました。

［卯の花《うのはな》］

初夏の到来を告げる季節感あふれる花。可憐なウノハナの白さは、雪の白さに例えられました。

［桐《きり》］

薄紫色の花は高貴な花とされ、桐壺の中庭にはキリが植えられていました。鳳凰が宿る木として神聖視されていました。

［紅花］べにばな

ベニバナの別名は末摘花。光源氏は、鼻が長く鼻先が赤い女性に、末摘花とあだ名を付けました。

［芥子］けし

物《もの》の怪《け》を退けるために用いられたのが芥子の香。嫉妬のあまり生霊となった六条御息所には、芥子の香が衣や髪に染みついていました。

［つゆ草］つゆくさ

朝咲いた花が昼を待たずしぼむため、儚さの象徴とされました。また、花で染めた布は色移りしやすく、移ろいやすい心に例えられました。

［夕顔《ゆうがお》］

夕暮れに咲き、翌朝に閉じるユウガオ。この花に例えられたのは、儚い運命をたどった夕顔です。

［蓮《はす》］

極楽浄土を象徴する花。長い時を共に生きた光源氏と紫の上は、夏の盛りのハスを眺め、あの世での二人の契りを誓いました。

［帚木］ ははきぎ（別名：ほうきぎ）

遠くからは見えているのに、近寄ると見えなくなるという伝説の木。光源氏は会えそうで会えない空蝉を帚木に例えました。

［鬼灯］ ほおずき

玉鬘のふっくらとした頬はホオズキに例えられました。平安時代の美人の条件のひとつでした。

［萩《はぎ》］

秋を代表する花。鹿がいつもハギに寄り添うところから、鹿の妻と見立てられました。

［朝顔《あさがお》］

朝に咲いて午後にはしぼむことから、儚さや無常観の象徴とされています。

［紫苑《しおん》］

どこか淋しげな風情のある花。貴族たちは紫苑色の衣服をとても好んでいました。

桔梗《ききょう》

青紫色の端正な花姿が古代から愛され、その色も秋の衣装の色として親しまれました。

藤袴《ふじばかま》

芳香があり、貴族たちは髪を洗うときの香り付けや枕の詰めものにするなど、その香りを愛でました。

吾亦紅《われもこう》

『源氏物語』では、良い香りのする植物のひとつとして登場します。

「女郎花《おみなえし》」

秋空に映えるオミナエシは、見飽きない美しさとして親しまれました。若くて美しい女性を象徴する花でした。

「竜胆《りんどう》」

秋に咲く美しい青紫色の花。貴族たちに愛され、平安時代にはすでに栽培されていました。

［檀］まゆみ

葉が美しく紅葉し、果実が割れて出てくる真っ赤な種子は可愛らしく目立ちます。

［楓］かえで

真っ赤に燃えたカエデの美しさは古来から日本人の心を捉えてきました。

［薄《すすき》］

白銀の穂が夕陽に輝く風情が古来より好まれました。穂の形が馬の尾に似ていることから「尾花」と呼ばれました。

［菊《きく》］

平安貴族はキクの花の盛りだけでなく、花びらの先が霜に当たり変色した姿も愛でました。

［紅梅《こうばい》］

平安貴族も愛した春を告げる花。『源氏物語』でもコウバイの色や香りを愛でる場面が多く登場します。

HANA MIKUJI

はなみくじ

平安時代、人々は花にさまざまな思いを込め
大切な人を花に見立てました。
大切な人を思う気持ちが花と深く結びついていること、
これは現代も変わらないかもしれません。

ここに『源氏物語』の登場人物にゆかりのある花が
あります。
大切な人を思い浮かべながら
あなたの今の気持ちに合う花を選んでください。

イラスト：日菜乃

P60 へ

P60 へ

P62 へ

P61 へ

P61 へ

P63 へ

P62 へ

HANA MIKUJI

yugao

[夕顔]

ゆうがお

自分らしさを大切に！

儚げでミステリアス、不思議な魅力をもったあなた。でも、本心を語ることなく、相手に振り回されていませんか？　人に流されず、自分らしさを大切に。

ゆかりの登場人物

夕顔

夕暮れに咲き、翌朝に閉じるユウガオ。この花に例えられたのは、儚い運命をたどった夕顔です。

花言葉

「儚い恋」「魅惑の人」

HANA MIKUJI

keshi

[芥子]

けし

心にムリは禁物

あなたの心の奥に嫉妬の感情が潜んでいませんか？　プライドが傷つけられたときが心配です。自分の気持ちに素直になって。

ゆかりの登場人物

六条御息所

物の怪を退けるために用いられたのが芥子の香。嫉妬のあまり生霊となった六条御息所には、芥子の香が衣や髪に染みついていました。

花言葉

「慰め」「妄想」「夢想家」

HANA MIKUJI

hahakigi

［帚木］

ははきぎ

別名：ほうきぎ

しっかり現実的な選択を

繊細だけれど芯の強いあなたはステキです。迷いや未練があっても、現実を見極めて、けして夢に溺れることのないように。自分に自信をもって。

ゆかりの登場人物

空蝉

帚木は遠くからは見えているのに、近寄ると見えなくなるという伝説の木。光源氏は、会えそうで会えない空蝉を帚木に例えました。

花言葉

「夫婦円満」「恵まれた生活」

HANA MIKUJI

benibana

［紅花］

べにばな

ときには積極的な行動を！

不器用でマイペースなところがあるあなた。でも、純粋な心で一途に想い続ければ、いつか真の愛を得られるはず。ただし、ときには積極的な行動を！

ゆかりの登場人物

末摘花

鼻が長く、鼻先が赤いことにちなんで、光源氏はその女性に末摘花と名付けました。末摘花とはベニバナのことです。

花言葉

「愛する力」「包容力」「特別な人」

HANA MIKUJI

yamazakura

［山桜］

やまざくら

真実の愛に気づいて

自分の気持ちに素直に生き、愛されるより愛したいタイプのあなた。でも、愛は与えるだけでは育めません。与えられる愛の尊さも感じてみて。

ゆかりの登場人物

朧月夜

桜の盛り、花の宴が行われた日の夜、光源氏は朧月夜と初めて出会いました。

花言葉

「あなたに微笑む」「淡白」「美麗」

HANA MIKUJI

ooyamazakura

［大山桜］

おおやまざくら

完璧じゃなくても大丈夫

誰に対しても深い愛情で気遣いができるあなたは、みんなが憧れる存在。一方で、苦悩を隠してしまうことも。そんなに完璧をめざさないで。

ゆかりの登場人物

紫の上

容姿や教養、人柄や振舞いにおいて最も理想の女性とされる紫の上は、万人が愛する桜に例えられました。

※紫の上が例えられた樺桜が、現在のどの桜の品種にあたるかは諸説あります。

花言葉

「精神の美」「純潔」

HANA MIKUJI

tachibana

［橘］

たちばな

空気を読むのもほどほどに

謙虚にふるまいつつ、しっかり者のあなた。空気を読みすぎて、我慢していませんか？　抱え込まず、人に相談してみたら、うまくいくことも！

ゆかりの登場人物

明石の君

明石の君が琵琶を弾くさまは、花橘の清楚な香りが漂うようであったとされています。

花言葉

「追憶」

其の三

千年の時を超える恋の歌

『源氏物語』で繰り広げられる
さまざまな恋愛。
そこで交わされる和歌は、
恋の結晶ともいえるものです。
その和歌を新たな感覚で読み解き、
千年の時を超える恋心に迫ります。
今を生きる私たちの心にも
響くものがあるのではないでしょうか。

A romantic poem that's
lasted a thousand years

人気イラストレーターが
『源氏物語』に登場する恋の和歌を題材に、
オリジナルイラストを描きおろし。
現代の大津の景色を背景として描きながら、
和歌の情景をキャッチコピーや
解説とともに表現しています。
描かれる恋の中には、
きっと共感できる想いが見つかるはず。

イラストレーター紹介

＼ P.92~115 掲載 ／

後半期（2024/7/18~2025/1/31）

mame

山梨県在住。
主な仕事に 林真理子著 文庫版『Go To マリコ』（文藝春秋）装画、猫田パナ著『妹妹の夕ごはん 台湾料理と絶品茶、ときどきビール。』（KADOKAWA）装画など。2024年に『東京ひとり暮らし女子のお部屋図鑑 イラスト＋コミック集』（翔泳社）を刊行。
Instagram：@emamemamo

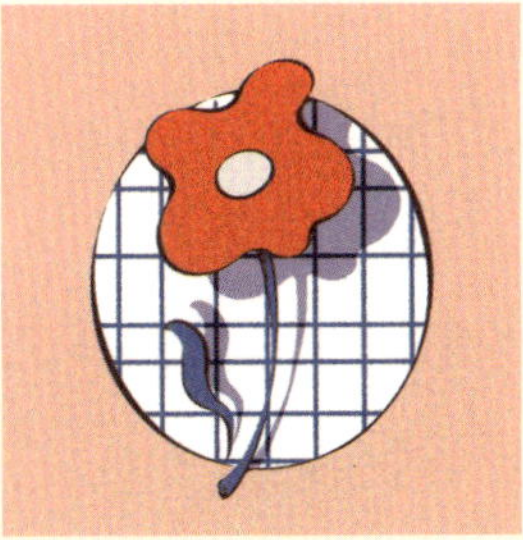

＼ P.68~91掲載 ／

前半期（2024/1/29～7/16）

日菜乃

武蔵野美術大学
視覚伝達デザイン学科卒業。
繊細で滑らかな曲線を一番のこだわりとし、レトロでポップで、どこか懐かしい瞬間を切り取った表現を得意とする注目のイラストレーター。
Instagram：@trym_hinano

からころも　君《きみ》が心《こころ》の　つらければ
袂《たもと》はかくぞ　そぼちつつのみ

現代語訳

あなたの心《こころ》が冷《つめ》たいから、
私《わたし》の袖《そで》はいつも涙《なみだ》で濡《ぬ》れているわ。

詠み手 末摘花《すえつむはな》
▶
受け手 光源氏《ひかるげんじ》

だめなの、

なんで、どうして、私じゃ

解説

鼻が象のように長く先が赤い、決して美人ではない女性がいました。

光源氏はその女性を、末摘花（紅の染料をとる紅花）に例えて和歌を詠みました。

末摘花は容姿だけではなく、衣装、仕草など全てが古風で、たくさんの女性を見てきた光源氏はがっかりして訪れなくなります。

末摘花は光源氏の気持ちを取り戻そうと、本来は正妻しか用意できない正月の晴れ着にこの和歌を添えて光源氏に送ります。

その結果、正妻に対して失礼な上に、古めかしい衣装箱、流行遅れの古びた装束だったので、光源氏はさらに落胆します。

しかし、ただのプレイボーイではない光源氏。自分は好きになれなくても、相手が自分を愛している限り経済面での援助は続け、末摘花は生涯、庇護《ひご》を受けました。

（監修　同志社大学　岩坪健教授　他全て共通）

イラストレーター
日菜乃さんコメント

後ろ姿を見ただけで誰だか分かるくらい好きな人が、他の綺麗な女の子と一緒にいる姿をSNSで見かけ、思わず画面をスクロールする手が止まってしまいます。シャイで自分に自信がないためなかなかアプローチできない女の子の切ない横顔を、印象的に表現しました。SNSを通じて好きな人の動向がどこにいてもわかってしまう現代だからこそ、「いつになったらこっちを見てくれるんだろう」と相手のことを考え続けてしまう。元の和歌は平安時代のものですが、現代でこそ多くの人が共感する感情だと思いながら描きました。

イラストで描かれた大津市の景色

近江神宮（楼門）

天智天皇をまつる神社で、天智天皇が小倉百人一首1番の歌の作者であることから、かるたの聖地として有名。紫式部もまた、小倉百人一首歌人のひとり。

嘆《なげ》きわび　空《そら》に乱《みだ》るる　わが魂《たま》を
結《むす》びとどめよ　下《した》がひの褄《つま》

現代語訳

あなたが来《き》てくれないことを嘆《なげ》きすぎて、私《わたし》の魂《たましい》はあなたのところに来《き》てしまったの。このままあなたのもとに置《お》かせてね。

詠み手　六条御息所《ろくじょうのみやすどころ》
▶
受け手　光源氏《ひかるげんじ》

だよ、こっち見てよ

大好き。大好き。だいすき

解説

皇太子妃殿下《こうたいしひでんか》であった六条御息所は、未亡人になってから光源氏と交際を始めました。

しかし、光源氏は妻・葵の上《あおいのうえ》の妊娠を口実に、彼女の元を訪れなくなってしまいます。

ある時、賀茂祭《かもまつり》（現代の葵祭）に先駆けて行われる儀式の行列に光源氏が参列することになり、彼を一目見ようと遠方からも大勢の人々が押し寄せました。

六条御息所もこっそり光源氏を見に来ましたが、後から来た葵の上に見つかり、乗っている牛車を無理やり押しのけられてしまいます。

この和歌は、難産で苦しむ正妻の葵の上が突然詠んだものですが、なんとその声も気配も六条御息所とそっくりです。

六条御息所は生霊《いきりょう》となり、葵の上に憑《と》りついてしまったのでした。

衣の裾《すそ》を結ぶと魂がとどまる「魂結び《たまむすび》」を光源氏がしてくれれば魂だけでもそばにいられる、と詠んだ切ない歌です。

イラストレーター
日菜乃さんコメント

とにかく彼のことが好きで好きでたまらない女の子と、その熱い視線に気づいていない様子の彼。女の子の強い独占欲から少し歪みはじめた愛を主題としました。夏の琵琶湖湖畔、昼間の楽しいデートのはずなのに、どこか二人には温度差があり、怪しい雰囲気を醸し出しはじめています。今にも百合の花を切ろうとするハサミにもご注目ください。普段はこのようなダークな印象の絵を描くことがあまりないので、新鮮でした。

イラストで描かれた大津市の景色

ミシガンクルーズ琵琶湖汽船

日本最大の湖・びわ湖をクルーズ船で遊覧。比叡山や比良山など、雄大な自然を３６０度のパノラマで楽しむことができる。

行《ゆ》く来《く》と　せき止《と》めがたき　涙《なみだ》をや
絶《た》えぬ清《し》水《みず》と　人《ひと》は見《み》るらむ

おなじ気持ちだったよ

現代語訳

関所《せきしょ》は人《ひと》の出入《でい》りをせき止《と》めるのに、私《わたし》はあなたへの気持《きも》ちが
よみがえり、涙《なみだ》があふれてしまう。
そんな私《わたし》を見《み》ても、あなたは私《わたし》を気《き》にかけてくれないのかな。

詠み手　空蝉《うつせみ》
▶
受け手　光源氏《ひかるげんじ》

言えなかったけど、

解説

光源氏は十七歳のときに偶然、空蝉に出会います。その後、光源氏は彼女のことが忘れられず、二回も会いに行きますが、人妻である彼女は拒み続けました。それから十二年後、またもや偶然、逢坂《おうさか》の関所で二人はすれ違いますが、お互いに人目を気にして通り過ぎてしまいました。

空蝉は内心、光源氏に惹《ひ》かれていましたが、「せっかく会えたけれど、これでいいはず」と自分に言い聞かせます。しかし、光源氏に惹かれる気持ちを抑えられずに、逢坂の関所のあたりに湧き出ていた「関の清水」を涙に例えて、この和歌を詠みました。けれども光源氏には送らず、自分の胸に最後まで秘めました。

イラストレーター
日菜乃さんコメント

ふらりと入った喫茶店でお茶をしているとき、昔好きだった人を偶然見つけてしまった彼女。既婚の身のため気持ちを抑えようとしますが、運命の再会への胸の高鳴りと、でもきっともう自分達二人が結ばれることはないだろうという切なさが入り混じり、大粒の涙となって流れ落ちます。この涙にすらも彼は気づいてくれないのだろうという小さな絶望を、ポロポロと落ちていくすずらんの花で表現しました。すずらんの花言葉は「謙虚」です。

和歌で登場する場所

逢坂の関

京の都から近江へと向かう関所。出会いや別れの場所として、「逢う」に掛けた歌が多く詠まれた。『源氏物語』の「関屋」の巻では、石山詣に向かう光源氏が空蝉と再会する舞台となっている。

イラストで描かれた大津市の景色

京阪電車

だろうけど、今でも想ってるよ

わくらばに　行《ゆ》きあふ道《みち》を　頼《たの》みしも
なほかひなしや　潮《しお》ならぬ海《うみ》

現代語訳

再会《さいかい》したのが貝《かい》のないびわ湖のほとりだったから、甲斐《かい》(縁《えん》)がなかったのかな。たまたまあなたと逢坂《おうさか》の関所《せきしょ》で再会《さいかい》できたときはうれしくて、これからも会《あ》えるかと思《おも》ったのに。

詠み手　光源氏《ひかるげんじ》
▶
受け手　空蝉《うつせみ》

気づかない

光源氏は石山寺に詣でる途中、空蝉と逢坂《おうさか》の関所ですれ違い、空蝉に伝言を送りましたが、返事はありませんでした。

そこで帰宅した後に、この和歌を送りました。

空蝉は光源氏に惹《ひ》かれながらも、夫がいるため拒んでいます。しかし、空蝉の夫と義理の息子は、光源氏の推薦を受けて国司に就任したと考えられるため、突っぱねる訳にはいきません。

もし光源氏を怒らせてしまえば、一家の収入がなくなる恐れがあるため、空蝉は光源氏に会わずにご機嫌も損ねないようにしていました。

その後、空蝉は年上の夫に先立たれてから義理の息子に言い寄られ、それを嫌って出家します。尼になれば恋愛の対象にはなりませんが、光源氏は引き取って生活の面倒をみました。光源氏にとって、空蝉はそれほど魅力のある女性でした。

イラストレーター
日菜乃さんコメント

ひとつ前の作品と対になるイラストです。実は喫茶店で泣いていた女の子の存在に男の子側も気づいていたのですが、彼女と会えたことを自分だけが喜んでいると思い込んでしまい、二人の思いはやはりすれ違ってしまいます。二人を隔てる窓ガラスに写り込む路面電車は、日常の中での偶然の再会に一瞬時が止まってしまったことを表現するイメージで描きました。二つの作品で登場人物たちの感情が全く異なって見えるようこだわったので、ぜひ彼らの表情を比較してみてください。

和歌で登場する場所

逢坂の関

イラストで
描かれた
大津市の景色

京阪電車

※ひとつ前とこの和歌は、男女が詠みあった和歌

舟《ふね》とむる　遠《おち》方《かた》人《びと》の　無《な》くはこそ
明日《あす》帰《かえ》り来《こ》む　夫《せな》と待《ま》ちみめ

現代語訳

船《ふね》だったら、引《ひ》き留《と》めるものがなければ明日《あす》にでも戻《もど》ってくるけど。
あなたにはあの子《こ》がいるから、すぐには帰《かえ》ってこないよね。

詠み手　紫《むらさき》の上《うえ》
▶
受け手　光《ひかる》源氏《げんじ》

春だよ

こんなに孤独でなにが

解説

明石《あかし》の君《きみ》の元へ向かう光源氏に、紫の上が詠んだ歌です。光源氏は、明石の君との間の娘を皇太子《こうたいし》妃殿下《ひでんか》にしようと思いますが、当時、京都以外で育った人は妃殿下になれなかったため、娘を妻である紫の上の養女にします。

光源氏は、娘を手放した明石の君を慰めに行く前に紫の上の所に立ち寄り、出かける挨拶をします。まだ幼い娘は事情がわからず、外出しようとする光源氏に付いて行こうとするので、光源氏は「明日、帰り来む（明日、戻ってくる）」と口ずさみます。

「明日、帰り来む」は当時流行していた歌謡である催馬楽《さいばら》「桜人《さくらびと》」の一節です。この和歌が詠まれたのは春で、光源氏は桜の直衣《のうし》を着て出かけたため、まさに「桜人」という曲名にふさわしい装いです。

光源氏が口ずさんだ歌詞を聞いて、複雑な心境である紫の上が皮肉をこめて詠んだのが、この和歌です。

イラストレーター
日菜乃さんコメント

彼が自分を一番に愛してくれていると信じてはいるけれど、彼に見え隠れする他の女の影に気づいて切なさを覚えている女性を中心に描きました。三井寺を背景に、満開の桜とそこからこぼれるように散っていく花びらで、彼女の今にもあふれてしまいそうな感情を表現しています。不安な気持ちは拭いきれないけれど、それでも「結局彼は自分の元に帰ってくる」と自分に言い聞かせる、強がりで凛とした女性の横顔に注目してください。

イラストで描かれた大津市の景色

三井寺

近江八景「三井の晩鐘」で名高い天台寺門宗の総本山。紫式部の父・藤原為時が出家した場所として伝わり、藤原道長も厚く信仰したお寺。

どうしようもないほど

大空《おおぞら》を　通《かよ》ふ幻《まぼろし》　夢《ゆめ》にだに
見《み》えこぬ魂《たま》の　行方《ゆくえ》たづねよ

現代語訳

大空《おおぞら》を行《ゆ》きかい、あの世《よ》にも行《い》ける魔法使《まほうつか》いよ。
あの子《こ》は今《いま》どこにいるのかな。

詠み手　光源氏《ひかるげんじ》
受け手　紫《むらさき》の上《うえ》

解説

当時の理想的な結婚は、新郎と新婦の身分が釣り合うことです。

上皇に准じる地位にまで上りつめた光源氏の妻にふさわしいのは、皇族である内親王《ないしんのう》だけですが、最愛の女性である紫の上は宮家の娘とはいえ、内親王ではありませんでした。

そこで光源氏は、女三《おんなさん》の宮《みや》という天皇の三女である内親王と結婚。紫の上は正妻の地位を奪われてしまいました。

当時、女三の宮は十四〜十五歳。年の割には幼稚で、光源氏は失望します。一方で、紫の上は三十二歳。

光源氏は才色兼備である紫の上にますます魅了されますが、心労が重なった紫の上は、四十三歳という若さで病気により亡くなってしまいました。光源氏は後悔しますが、手遅れです。

この和歌は、最愛の紫の上に先立たれた後、失意の中で、雁《がん》が飛ぶのを見た光源氏が詠みました。（雁は魔法使いのようにあの世とこの世を行き来できる使者と考えられていました）その翌年に光源氏は出家して、これが最後の恋となりました。

イラストレーター
日菜乃さんコメント

大好きだった女性を亡くした男性が、「もっと会いに行けばよかった」と後悔し「夢の中でもいいから会いたい」と思い焦がれている作品です。彼女が遺した真珠のネックレスと彼女が大好きだったミモザの花、そして彼女がとびきり素敵に写った写真を前に募るのは、後悔と愛おしさばかり。失って初めてその大切さに気づくという言葉は、今も昔も変わらず人々が辿り着く教訓なのかもしれないと思いながら描きました。

イラストモチーフ

びわ湖真珠

長い年月をかけて作り出されるびわ湖で採れる淡水真珠で、色・形が一つひとつ違うことが特徴。

心《こころ》あてに　それかとぞ見《み》る　白露《しらつゆ》の
光《ひかり》そへたる　夕顔《ゆうがお》の花《はな》

現代語訳

もしかして月《つき》の光《ひかり》で輝《かがや》く白露《しらつゆ》のようにキラキラとした光源氏《ひかるげんじ》さんですか。私《わたし》はその光《ひかり》のもとでそっと咲《さ》いている夕顔《ゆうがお》の花《はな》のようなものです。

詠み手　夕顔《ゆうがお》
▶
受け手　光源氏《ひかるげんじ》

ないかも

憧れだけじゃ終われ

解説

夕顔は、光源氏の親友でありライバルの頭中将《とうのちゅうじょう》の妻。

頭中将との間に女の子をもうけましたが、正妻に脅されて身を隠していたときに、光源氏と出会います。

きっかけは彼女が身を隠していた家に咲くユウガオの花でした。

ユウガオは庶民が家に植えるため、初めてユウガオの花を見た光源氏は興味を持ち、その様子を見た夕顔からこの和歌を送られたことで、交際が始まりました。

中秋《ちゅうしゅう》の名月の翌朝、夕顔は光源氏に誘われて無人の古びた屋敷に行きますが、物《もの》の怪《け》に襲われて急死します。

その物の怪の正体は不明ですが、光源氏の恋人の一人である六条御息所《ろくじょうのみやすどころ》の生霊《いきりょう》が有力候補とされています。

イラストレーター
mameさんコメント

ずっと好きだった人と友達を交えて遊びに行くというシチュエーションなので、ふたりの初々しさや、これからどうなっていくんだろう？　というドキドキ、ふたりの他愛のない会話から喜びが溢れ出ているような、そんな幸せな雰囲気が伝わるように意識をして描きました。同時に風鈴の爽やかな音が聞こえてきたら嬉しく思います。

イラストで描かれた大津市の景色

西教寺

聖徳太子が創建と伝わる、天台真盛宗の総本山。『源氏物語』に登場する横川の僧都のモデルとされる源信は、西教寺に入寺し、西教寺を念仏道場としたといわれている。

部がキラキラしてな

寄《よ》りてこそ　それかとも見《み》め　たそかれに
ほのぼの見《み》つる　花《はな》の夕《ゆう》顔《がお》

現代語訳

傍《そば》に行《い》って、あなたをもっと知《し》りたい。
黄昏時《たそがれどき》に少《すこ》しだけ見《み》えた夕顔《ゆうがお》の花《はな》のようなあなたを。

詠み手　光源氏《ひかるげんじ》
▶
受け手　夕顔《ゆうがお》

きみと、全

解説

この歌は、夕顔が光源氏に送った和歌に対する返歌です。平安時代は通常、まず男性が女性に恋文を送ってから恋愛が始まりますが、面識のなかった夕顔から誘いの和歌を受け取った光源氏は驚き、魅了されました。けれども、自分が夕顔の夫である頭中将《とうのちゅうじょう》の義兄弟だと知られたら、頭中将の正妻に脅された彼女は警戒する可能性があり、また、夕顔との仲がうわさになっても困ります。そこで、身分の低い男性のふりをして通うようになります。光源氏は彼女のことをもっと知りたいと思っていましたが、夕顔は正体を明かさないまま物《もの》の怪《け》に襲われて亡くなります。光源氏は彼女のことが忘れられず、彼女の子どもである玉鬘《たまかずら》を養女に迎え、夕顔の面影を宿した玉鬘に恋心を募らせました。

イラストレーター mameさんコメント

ひとつ前のイラストにある、西教寺で仲が深まったふたりはびわ湖の花火大会デートへ。無邪気に花火に見惚れる彼女と、花火よりも彼女のことが気になる彼の、友達以上恋人未満な、もどかしくも甘酸っぱい距離感を見ていただけたら嬉しいです。びわ湖の花火大会らしく豪華絢爛な花火も描いていてとても楽しかったです。右手にはびわこ花噴水の描写もあります。

イラストで描かれた大津市の景色

びわこ花噴水

大津港の沖合いにある、横幅約４４０ｍの世界最大級の噴水。さまざまな形に変化し、夜は３色にライトアップされる。

袖《そで》ぬるる　恋《こい》路《じ》とかつは　知《し》りながら
おりたつ田《た》子《ご》の　みづからぞ憂《う》き

とかあればいいのに

この恋に未来

現代語訳

袖《そで》が涙《なみだ》で濡《ぬ》れるうまくいかない恋路《こいじ》だとはわかっているの。
でも、農夫《のうふ》が田《た》んぼの泥《こいじ》に踏《ふ》み込《こ》むように、
この恋《こい》にのめりこむ私《わたし》。そんな自分《じぶん》が情《なさ》けない。

詠み手　六条御息所《ろくじょうのみやすどころ》
▼
受け手　光源氏《ひかるげんじ》

解説

六条御息所は家柄も良い才女で、皇太子との間に姫君を一人もうけますが、夫に先立たれてしまいます。彼女の走り書きを見て一目ぼれした光源氏は、未亡人になった彼女に思いを寄せ、相思相愛になります。

しかし、彼女のプライドの高さに嫌気がさした光源氏は、正妻である葵《あおい》の上《うえ》が妊娠して体調不良になったことを口実にやがて通わなくなります。

その言い訳の手紙を見た六条御息所が光源氏に送ったのが、この和歌です。

その後、葵の上は物《もの》の怪《け》に悩まされますが、それは六条御息所の生霊《いきりょう》でした。

イラストレーターmameさんコメント

ちょっとだけプライドが高くて、恋の悩みを友達に打ち明けられない彼女。心に葛藤を抱きながらも笑顔を作る彼女に、描いていてとても切ない気持ちになりました。でもそれが恋だもんね。恰好悪くてダサい自分でもいいんだよ。そんな言葉を彼女にかけてあげたいです。

ケーブルカーのおしゃれな柵が描いていて楽しかったです。

イラストで描かれた大津市の景色

坂本ケーブル・比叡山延暦寺

世界文化遺産・比叡山延暦寺と門前町坂本をつなぐケーブルカー。比叡山延暦寺は比叡山全域を境内とする天台宗の総本山で、『源氏物語』に登場する横川の僧都のモデルは比叡山延暦寺の僧侶・源信といわれている。

いづれぞと　露《つゆ》の宿《やど》りを　わかむまに
小笹《こざさ》が原《はら》に　風《かぜ》もこそ吹《ふ》け

現代語訳

あなたが誰《だれ》なのか知《し》りたくて探《さぐ》っているうちに、風《かぜ》が吹《ふ》くと
かき消《け》される露《つゆ》のように、世間《せけん》の荒波《あらなみ》にもまれて私《わたし》たちの仲《なか》も
絶《た》えてしまうでしょう。

詠み手 ◀ 受け手

光源氏《ひかるげんじ》

朧月夜《おぼろづきよ》

ないままで

知りたいくせに、聞け

解説

数え年の三歳で母親を亡くした光源氏は、母にそっくりな藤壺《ふじつぼ》を慕うようになります。

しかし、藤壺は天皇の妻であり、光源氏にとって義理の母にあたるため禁断の恋でした。宮中《きゅうちゅう》の桜を楽しむ会が終わった後、酔い心地の光源氏は藤壺のいる建物に近づきますが、戸口は閉められており、代わりに別の建物で見つけた若い女性と、一夜を共にします。その女性が朧月夜です。翌朝、別れるときに女性に名前を尋ねますが答えてもらえなかったため、この和歌を詠みました。

朧月夜のもとで出会ったため、朧月夜と呼ばれるこの女性は、光源氏にとってライバルである一族でしたが、お互いに惹《ひ》かれ合いその後もしばらく関係は続きました。

イラストレーター mameさんコメント

彼女に喜んでもらいたくて浮御堂《うきみどう》の夕日を見に誘った彼。少しでも楽しんでもらいたくて一生懸命頑張っているけれど、なかなか彼女の本心がわからない…という複雑な心境のシーンです。帽子に隠れた彼女が、果たしてどんな表情をしていてどんな気持ちを抱いているのか想像して楽しんでいただけたら嬉しいです。

イラストで描かれた大津市の景色

満月寺（浮御堂）

近江八景「堅田の落雁」で知られる浮御堂。びわ湖上の安全と人々の救済を願い、『源氏物語』に登場する横川の僧都のモデルとされる源信が建立したとされている。

秋《あき》の夜《よ》の　月《つき》毛《げ》の駒《こま》よ　わが恋《こ》ふる
雲《くも》居《い》をかけれ　時《とき》のまも見《み》む

やっぱり思う

現代語訳

秋《あき》の月夜《つきよ》に月毛《つきげ》色《いろ》の馬《うま》（少《すこ》し赤《あか》みを帯《お》びた白馬《はくば》）よ、私《わたし》が恋《こい》しく思《おも》う雲《くも》の向《む》こうにある都《みやこ》へ、どうか私《わたし》を連《つ》れて行《い》って。ほんの少《すこ》しでもいい、あの子《こ》に会《あ》いたい。

詠み手　光源氏《ひかるげんじ》
▶
受け手　紫《むらさき》の上《うえ》

君がいいって

解説

光源氏の父の桐壺帝《きりつぼてい》が亡くなった後、次の天皇の一族は光源氏を無実の罪で流罪《るざい》にしようと画策します。このまま都にいては危ないと考えた光源氏は、自ら須磨《すま》に退去した後、遠縁にあたる明石《あかし》の入道《にゅうどう》の勧めで明石に移ります。名門の出であった明石の入道は、訳あって都落ちしていましたが、都に返り咲くことを夢見て、娘（明石《あかし》の君《きみ》）を光源氏と結婚させます。光源氏は紫の上への思いがありながら、資産家である明石の入道の娘と結婚することは経済的なメリットがあったため、結婚まで至ったと考えられます。

この歌は、明石の君の元へ初めて行く途中に、綺麗な月を見つけた光源氏が、都に残してきてしまった紫の上を思い、心が引き裂かれるような思いで詠んだ和歌です。

イラストレーター mameさんコメント

彼女に内緒で女の子と遊びに来てしまった彼が、ふとした瞬間に彼女のことを考えてしまう…という複雑な思いのシーン。楽しそうな女の子と曇る表情の彼は、今回いちばん描くのに悩んだ部分です。残酷なシーンとは裏腹に、きれいな夕日がより二人の温度差を浮き立たせるように心がけました。

イラストで描かれた大津市の景色

石山テラス

石山寺の門前に立ち並ぶ飲食店。

かきつめて 海人《あま》のたく藻《も》の 思《おも》ひにも
今《いま》はかひなき 恨《うら》みだにせじ

現代語訳

海人《あま》が海水《かいすい》を含《ふく》む藻草《もぐさ》をかき集《あつ》めて焼《や》いて塩《しお》を取《と》る、という過酷《かこく》な作業《さぎょう》をしているように、私《わたし》もつらいの。でも、あなたが帰京《ききょう》する今《いま》となっては恨《うら》んでも仕方《しかた》がないよね。

詠み手 明石《あかし》の君《きみ》 ▶ 受け手 光源氏《ひかるげんじ》

いてね

今日の私を覚えて

解説

明石の君が光源氏の子を身ごもったことがわかってまもなく、光源氏は追放されていた政界から帰京してもよいという正式な許可を得ます。光源氏としては、妊娠した妻を残して帰るのは心苦しい限りですが、明石一族にとっては、光源氏が都で栄華を極めることは悲願でもあります。

この歌は、嘆く明石の君に光源氏が詠んだ慰めの和歌への返歌になります。

明石の君は悲しみを抑えて健気に振る舞う自分の姿を、海人になぞらえています。

光源氏が帰京した後、明石の君は姫君を産み、都に呼ばれて光源氏のもとで生活します。しかし、明石の君は身分が高くないため、子どもは光源氏の正妻である紫《むらさき》の上《うえ》に育てられます。

その子はのちに天皇の后《きさき》になり、光源氏の栄華を支えます。

イラストレーター
mameさんコメント

大好きな彼と遠距離になる前の最後のデート。しばらく会えなくなる寂しさを堪えて、涙を見せないように笑顔で彼を送り出す彼女の切ない表情に注目していただけると嬉しいです。また、石山寺の色とりどりの美しい紅葉と幻想的な行燈《あんどん》を表現するのが難しく苦労して描いたので、そこもじっくり見ていただけたら嬉しいです。

イラストで描かれた大津市の景色

石山寺

奈良時代創建の真言宗の大本山。平安時代には「石山詣」が流行し、多くの貴族や女性文学者が訪れた。紫式部が石山寺参籠中、びわ湖に映る満月を見て『源氏物語』を起筆したという伝説がある。

源氏物語

恋するもののあはれ展

展示名	源氏物語　恋するもののあはれ展
会期	２０２４年１月29日（月）～２０２５年１月31日（金）
開館時間	9時～17時
場所	石山寺世尊院 ※住所：滋賀県大津市石山寺１－１－１
主催	大津市大河ドラマ「光る君へ」活用推進協議会

平安時代の恋を体感できる企画展。展示の様子を紹介します。

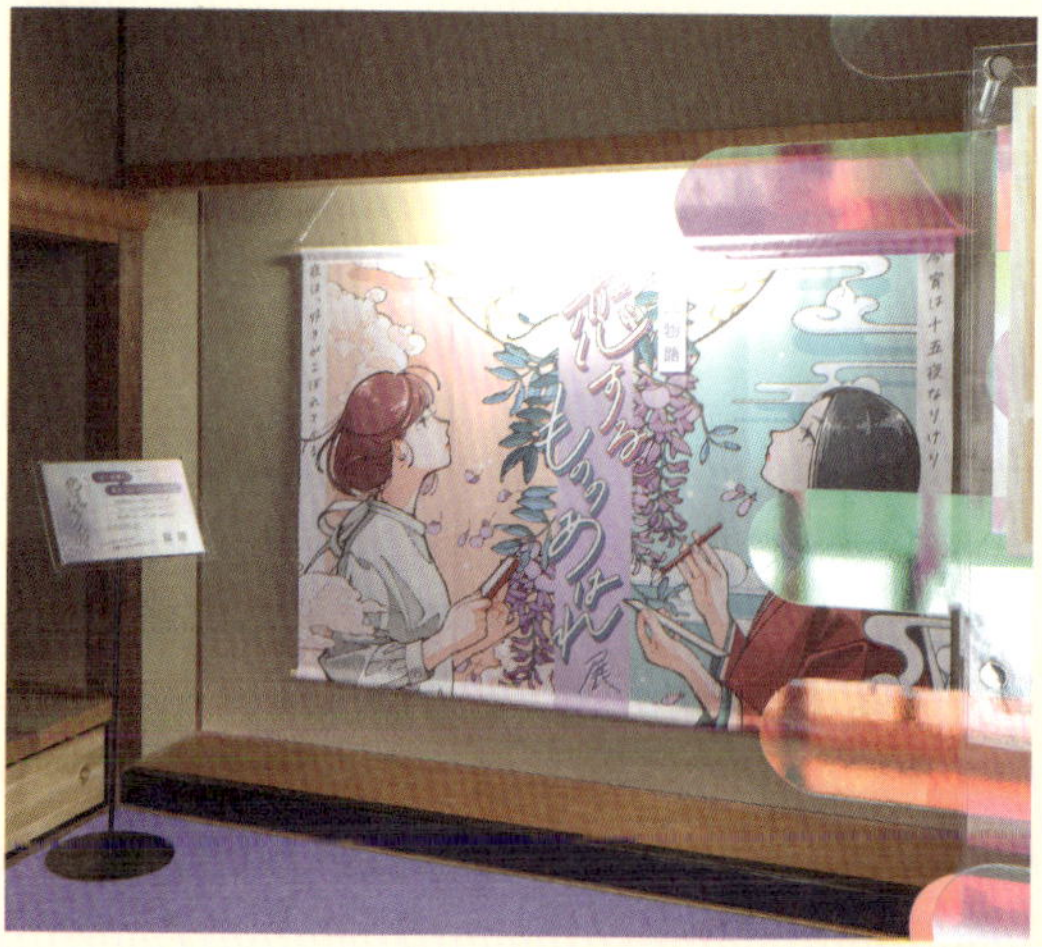

『源氏物語』の和歌を現代的に表現したイラストや、本展示のために書き下ろしたオリジナル楽曲も。

展示内容

平安時代の文化と『源氏物語』を感じる3つの世界

「紫式部と『源氏物語』」「恋の決め手は、美のセンス」「千年の時を超える恋の歌」の3つの空間からなる展示。平安時代ならではの恋を知り、あなたが共感できるポイントが見つかるかも。

展示監修
同志社大学教授　岩坪健

紫式部と『源氏物語』

約千年前、紫式部が石山寺にてびわ湖に映る月を見て、書き始めたといわれる『源氏物語』。月をモチーフとしたフォトスポットと共に、紫式部と『源氏物語』の背景を知ることができます。

恋の決め手は、美のセンス

平安時代、恋を彩った色・香り・花の世界を体験できる展示です。好きな花を選んで恋のアドバイスがもらえるデジタルおみくじも楽しめます。

千年の時を超える恋の歌

『源氏物語』の恋を現代的な解釈によって、人気イラストレーター※1によるイラストや、音楽アーティストによるオリジナル楽曲で表現。会場限定でコラボMV※2を公開します。

※1：イラストレーターは、前半期と後半期で異なります。
※2：コラボMVは前半期のイラストレーターのイラストを使用したものです。

・紫式部ゆかりの地 大津・

日本最大の湖・びわ湖と比良・比叡の山々に囲まれた自然豊かなまち、滋賀県大津市。京都からもほど近い大津では、自然が織りなす風光明媚なスポットや、「比叡山延暦寺」をはじめとした歴史ある神社仏閣の数々を堪能することができます。

紫式部が『源氏物語』を起筆したと伝わる「石山寺」や紫式部の父・藤原為時が出家した「三井寺」など、紫式部や『源氏物語』ゆかりのスポットも多く、千年前に思いを馳せる大津旅も楽しめます。

和歌イラストで紹介した大津市のスポット

1. 満月寺（浮御堂）
2. 比叡山延暦寺
3. 西教寺
4. 近江神宮
5. 三井寺
6. 逢坂の関
7. 石山寺

●アクセス
JR京都駅からJR大津駅まで約9分

源氏物語 恋するもののあはれ

書籍制作STAFF

監修
同志社大学教授 岩坪健

装丁
小口翔平+畑中茜（tobufune）

本文デザイン
Isshiki

校正
鷗来堂

源氏物語《げんじものがたり》　恋《こい》するもののあはれ

2025年1月10日　初版発行

制作　大津市大河《おおつしたいが》ドラマ「光《ひか》る君《きみ》へ」活用推進協議会《かつようすいしんきょうぎかい》
イラスト　日菜乃《ひなの》、mame
発行者　山下 直久
発行　株式会社 KADOKAWA
〒102-8177　東京都千代田区富士見2-13-3
電話0570-002-301(ナビダイヤル)
印刷所　TOPPANクロレ株式会社
製本所　TOPPANクロレ株式会社

●お問い合わせ
https://www.kadokawa.co.jp/(「お問い合わせ」へお進みください)
※内容によっては、お答えできない場合があります。
※サポートは日本国内のみとさせていただきます。
※ Japanese text only

定価はカバーに表示してあります。

ISBN 978-4-04-607361-7　C0095